Circular Gods

Կլոր Աստվածներ

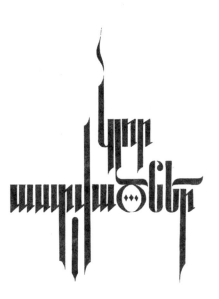

Circular Gods

Written by Vrtanes Papazian

Translated by Tatev
Illustrations by Lusine Yeghiazaryan

Cascade Press

CIRCULAR GODS by Vrtanes Papazian

English Translation copyright © 2021 by Tatev
Illustrations copyright © 2021 by Lusiné Yeghiazaryan

All rights reserved.
No part of this book may be used or reproduced in any manner whatsoever without written permission, except in the case of brief quotations embodied in critical articles and reviews.

Published by Cascade Press
under exclusive license from Tatev and Lusiné Yeghiazaryan.

ISBN hardcover 978-1-64872-009-3
Limited edition first printing: No. 50 of 1000
Printed with love in Armenia

Inquiries regarding permissions or bulk printing requests
should be sent to info@cascade.press

A monochrome childhood...

As children, the lack of television and radio throughout the 1990's in Armenia enabled us to fully embrace the present and see the beauty and complexity of the physical world around us. I don't recall having any colorful children's books around the house, but my mother did have illustrated collections of Russian, Armenian, Dutch, and German fairy tales which she read to us regularly. Most of these books featured monochromatic lithographs and etchings, and in addition to these we had a small collection of actual art books which were reserved as a treat for good behavior. These included paintings by Dutch masters and other content which was not ideal for kids, but I know that my eldest sister and I were very heavily influenced by these paintings. I think Soviet poster art also had a big impact on me with its piercing laconicism.

After immigrating to the States, I discovered the European artists of the 20th century that really changed the game in illustration publishing like Kay Nielson, Arthur Rackham, and Aubrey Beardsley. Their style changed my tastes as a teenager and brought me to where I am today as an artist—and now here to *Circular Gods*. I tried to bring this dark tale to life with my illustrations and although the story is told from a somewhat satirical angle, the illustrations are still quite somber as the moral of the story is one of grave importance.

Lusiné Yeghiazaryan
Brooklyn, *2021*

ՄՈՆՈՔՐՈՄ ՄԱՆԿՈՒԹՅՈՒՆՍ

Երբ մենք երեխա էինք, 1990-ականների Հայաստանում հեռուստատեսության եւ ռադիոյի սահմանափակ հնարավորությունը նպաստեց, որ մենք լիովին ընկալենք ներկան, տեսնենք մեզ շրջապատող աշխարհի գեղեցկությունը եւ բարդությունը: Ես չեմ հիշում, արդյո՞ք մեր տանը որեւէ մանկական գունազարդ գիրք կար, թե ոչ, բայց մայրս ուներ ռուսական, հայկական, դանիական եւ գերմանական հեքիաթների նկարազարդ ժողովածուներ, որոնք նա ամեն օր կարդում էր մեզ համար: Դրանց մեծ մասը մոնոքրոմ վիմագրություն էր: Բացի դրանից, մենք ունեինք նաեւ արվեստի գրքերի մի փոքր հավաքածու, որոնք կիրառվում էին որպես մեր օրինակելի վարքի պարգեւատրում: Դրանք պարունակում էին դանիական վարպետների նկարներ, ինչպես նաեւ այլ բովանդակությամբ նկարներ, որոնք իդեալական չէին երեխաների համար, բայց ես գիտեմ, որ իմ եւ մեծ քրոջս վրա այդ նկարները մեծ ազդեցություն են թողել: Ինձ թվում է, որ խորհրդային աֆիշային արվեստը նույնպես մեծ ազդեցություն է թողել ինձ վրա իր խորաթափանց լակոնիզմով:

Երբ արտագաղթեցինք Նահանգներ, ես բացահայտեցի 20-րդ դարի եվրոպացի այնպիսի նկարիչների, ինչպիսիք են Քեյ Նիլսոնը, Արթուր Ռաքհեմը եւ Օբրի Բիրդսլին, որոնք իրապես փոխել են նկարազարդման հրատարակությունը: Նրանց ոճը փոխեց իմ պատանեկան ճաշակը եւ ինձ հասցրեց այսօրվա նկարչիս դիրքին: Ես փորձել եմ այս պատմությունը կյանքի կոչել իմ նկարազարդումներով, եւ չնայած պատմությունը ներկայացված է որոշակի սատիրայի տեսանկյունից, նկարազարդումները շատ մռայլ են, որովհետեւ սա մի կենսական կարեւոր իմաստ ունեցող պատմություն է:

Լուսինե Եղիազարյան
Բրուքլին, 2021թ.

Fairy Tales by Candlelight

Our mother used to read us fairy tales and fables from various cultures when we were small, and we continued this tradition during COVID through video calls. Our family felt that we needed to connect in order to stay sane throughout the past year. We would gather around just like the days when we used to listen to her in dead silence under the candle light in the post-Soviet dark years of Armenia.

One of the fables she read was the story of the *Circular Gods*, and I fell in love with it and thought that the name Beheghzeboogh (known in the West as Beelzebub), sounded so spot-on for a demonic king. The next morning I woke up with a distinct impression of having dreamt of this underworld and seen the melting gold and heard the sounds of the panicking creatures' hooves on the cobblestones leading to the castle gates. I was convinced that this story must reach a wider audience. It felt as though I was meant to hear it in order to translate it. My love for languages and Armenian in particular—combined with my disdain for the ever burgeoning worship of money and populous controlling dogma—compelled me to translate the original text for which I'm very happy and excited to share with you.

Tatev
Brooklyn, *2021*

ՀԵՔԻԱԹՆԵՐ ՄՈՄԻ ԼՈՒՅՍԻ ՏԱԿ

Երբ փոքր էինք, մայրս մեզ տարբեր մշակույթների հեքիաթներ ու առասպելներ էր կարդում, և այս տարվա «COVID-19» համավարակի ընթացքում մեր ընտանիքը որոշեց, որ իրար հետ կապը պահպանելու համար պետք է ամեն շաբաթ ընդհանուր հեռախոսազանգի միջոցով միասին հեքիաթ լսելու ժամ կազմակերպենք: Հեքիաթ լսելու ժամ՝ նման մեր մոմերով լուսավորված երեկոներին՝ Խորհրդային Միության փլուզմանը հաջորդող մութ տարիներին:

Հեքիաթներից մեկը, որ մայրս կարդաց, հենց «Կլոր ատամներ» հեքիաթն էր, ու ես միանգամից սիրահարվեցի այս պատմությանը: Բեհեղզեբուղ անունը շատ դիպուկ հնչեց ականջիս: Պատմությունից ոգեշնչված՝ ես առավոտյան արթնացա այնպիսի տպավորությամբ, կարծես գիշերը երազում տեսել եմ այս թագավորությունը. հալվող ոսկու տեսարանները, խուճապի մատնված արարածների սմբակների ձայնը սալահատակ փողոցում՝ դեռ թարմ մտքումս ու ականջում: Զգացի, որ պետք է այս հեքիաթն անգլերեն թարգմանեմ, որպեսզի այս պատմությունն ավելի լայն ունկնդրի հասնի: Լեզուների ու հատկապես հայերենի նկատմամբ իմ սերը՝ միացած դրամապաշտ կրոնի հանդեպ իմ ունեցած արհամարհանքի հետ, իսկույն այս պատմությունը թարգմանելու որոշմանը դրդեցին ինձ, ու ես անչափ ուրախ եմ ու ոգևորված:

Տաթեւ
Բրուքլին, 2021թ.

*"Le veau d'or est toujours debout
On ensence sa puissance..."*

CIRCULAR GODS

In the depths of the Earth, where the kingdom of Hell resides, a riotous commotion stirred in front of the horrid castle of Beheghzeboogh, the king of all demons. On this day, the Underworld was in a state of pure chaos.

Երկրագնդի խորքերում, այնտեղ, ուր գտնվում է դժոխքի թագավորութիւնը, սատանայապետ Բեհեղզեբուղի ահավոր պալատի առաջ, մեծ իրարանցում կար։ Ամբողջ դժոխքն այդօր տակնուվրա էր։

Thousands of demons—big and small—noisily rushed to the piazza from all sides. And what a sight it was—how the dark abyss suddenly started to spew flames from which all sorts of wildly howling monsters thronged out in unholy procession.

Հազարավոր մեծ ու փոքր սատանաներ, ճչալով ու աղմկելով, հրապարակ էին խուժում ամեն կողմից։ Պետք էր տեսնել, թե ինչպես հանկարծ բացվում էին բոցավառ անդունդներ, նրանցից դուրս վիժում ամեն տեսակի այլանդակ հրեշներ՝ կատաղի գժերի պես ոռնալով։

As though this were not enough, even the furthest corner of the Underworld trembled and cast all the demons, devils, and greedy, treacherous spirits out from its bowels. These beasts trampled upon one another as they poured in before the castle.

Այդ բավական չէր․ դժոխքն ամբողջ հիմունքներով ցնցվում էր եւ դուրս նետում իր խորշերից բոլոր դեւերին, դեւիկներին, բոլոր քսու, նենգավոր ոգիներին, որոնք սարսափահար, միմյանց կոխոտելով՝ լցվում էին պալատի առաջ։

And what a horrendous state the demon cheiftain, his courtiers, and advisers were in! Even they were clamoring upon one another in a mad rush to safety beneath the sovereign's throne.

Իսկ ի՜նչ դրության մեջ էին սատանայապետը, նրա պալատականները, այլեւ խորհրդականները, որոնք վախից լեղապատառ՝ միմյանց գլխի վրայից ցատկելով, միմյանց տապալելով՝ շտապում էին ապաստանել գահի տակ։

The rumours had started long ago, and by now a steady stream of reports from across the kingdom painted a picture of certain doom. Beheghzeboogh—pale and forlorn—surrounded himself with the underworld's most learned scholars and sages for a council.

Հուզումն սկսել էր վաղուց։ Լրաբերներն ամեն կողմից հասնելով՝ հետզհետե սպառնալից համբավներ էին բերում դժոխքի արքային, եւ սա, գունատ ու շվարած, ժողովել էր շուրջը ստորերկրյա թագավորության իմաստուններին ու գիտուններին եւ խորհրդի նստել։

Meanwhile, the crowd of demons outside the castle grew darker and darker. The brooding masses demanded for their king to emerge, show himself, and hurry to save the kingdom from certain calamity.

Մինչ այդ, սատանաների ամբոխը պալատի առաջ ավելի ստվարանում էր եւ բարձրաձայն պահանջում, որ թագավորը դուրս գար, երեւար եւ շտապեր փրկելու ստորերկրյա աշխարհը վերահաս վտանգից։

But what exactly was the cause of this impending doom after all? Was it an earthquake, a flood—or perhaps a revolution?

Բայց ի՞նչ էր եղել ուրեմն։ Երկրաշա՞րժ էր, ջրհեղե՞ղ, թե՞ գուցե հեղափոխություն։

* * *

Here is what the commotion was all about...

Ահա թե բանն ինչումն էր։

Up above, amongst the people, new thoughts had formed that resulted in the destruction of the once precious silver and golden idols. As these ideas grew stronger by the minute, the idols were left broken, trampled, and exceedingly disregarded.

Վերեւում, մարդկանց մեջ, հայտնվել էին ինչ-որ նոր մտքեր, որոնք մեծացել, ուժգնությամբ կործանում էին ոսկյա եւ արծաթյա բոլոր կուռքերը, մեծ ջանասիրությամբ փշրտում էին նրանց, ոտնատակ տալիս, տրորում եւ արհամարհում։

With the breaking of the idols, people cursed and chased off the spirits of wickedness. Not only did they free themselves from the snares of the demons, but—with the swords of equality and righteousness in their hands—they demolished all the agents of the underworld who had come to plague the land of the living.

Կուռքերի փշրվելու հետ՝ մարդիկ հալածում էին իրենց միջից չարության ոգիներին էլ եւ դյուրությամբ ազատվում ո՛չ միայն սատանաների լարած թակարդներից, այլեւ հավասարության եւ արդարության սուրը ձեռքներին՝ ոչնչացնում էին ստորերկրյա իշխանության բոլո՛ր գործակալներին։

Just a bit more of this, and evil would be left powerless and unable to fend for itself.

Փոքր մի եւս, եւ չարությունը պիտի մնար անզեն ու անզոր։

So—pray tell—how could hell and its inhabitants remain calm at a time like this?

Դե՛հ, դո՛ւք ասացեք, էլ ինչպե՛ս դժոխքն ու նրա բնակիչները կարողանային հանգիստ մնալ։

The demons worked very hard to restore the glory of the golden calf and to compel all of humanity to worship at its feet. They devised crafty tricks in hopes of maintaining the power of inequality. They tried their best to turn half the population against the other, but they now found defeat at each engagement. Each time a golden calf would fall, the devils would cower in fear and hopelessly run away to their dark alcoves—fully convinced that the last day of hell was upon them.

Սատանայությունն ամբողջ ջանք էր գործ դրել վերականգնելու ոսկյա հորթն ու նրա երկրպագությունը։ Հնարքներ էր մտածել՝ անհավասարության ուժը պահպանելու։ Մինչեւ իսկ մարդկության կեսը զինել էր մյուսի դեմ, սակայն ամեն տեղ պարտություն էր կրել։ Հե՛նց որ ընկնում էր ոսկյա հորթը, սատանաները՝ ջարդված, գլխիկոր, հուսաբեկ եւ ահալից, փախչում էին եւ այժմ ահա հուսահատ՝ համոզված էին, թե հասել էր այլեւս դժոխքի վերջին օրը։

The Dark Lord saw clearly that the throne was on the verge of collapse, that his reign was resting on pillars of sand, and that the fall of the golden calf would surely be followed by the complete destruction of the underworld. That is why he convened a grand conference with the wisest spirits of hell and put the dilemma up for a debate amongst them.

Սատանայապետը պարզ տեսնում էր, որ գահը երերում էր, որ իր բանն էլ բուրդ էր եւ որ ոսկյա հորթի անկմանը հետեւելու էր չարության իսպա՛ռ ոչնչացումը։ Դրա համար նա մեծ ժողով էր գումարել դժոխքի խելոք ոգիներից եւ հարցը նրանց վիճաբանության ենթարկել։

The days passed and more golden calves were crushed—one after the other. The evil spirits were petrified and hid still down below to avoid these sights. The great royal council did not succeed in finding a solution. Meanwhile, the crowd continued to grow before the castle, and their cacophonous shrieking sent shockwaves across the entire kingdom.

***

Finally Beheghzeboogh, bewildered and pallid, angrily burst out of the council, and ordered for the gates of the castle to be opened for him to speak before the public...

All of Hell thundered from the hopeful cries of the demons when the king's terrified face appeared.

For a moment, there was dead silence after which Beheghzeboogh promptly shook himself out, straightened his posture, and looked out to the crowd in waiting. At last, he began to speak.

Բայց օրերն անցնում էին, վերեւում ոսկյա հորթերը միմյանց ետեւից փշրվում, չար ոգիները բազմությամբ լեղապատառ խուսափում էին, եւ սակայն ներքեւում արքայական մեծ խորհուրդը ո՛չ մի հետեւանքի չէր հասել։ Մյուս կողմից էլ պալատի առաջ մեծանում էր ամբոխը եւ ադմուկով դղրդացնում դժոխքը։

***

Վերջապես Բեհեղզեբուղը՝ գունատ, կատաղի, ելավ ժողովից, հրամայեց բանալ պալատի դռները եւ դուրս եկավ ժողովրդի հետ խոսելու։

Դժոխքը թնդաց սատանաների հուսալից աղաղակներից, երբ սատանայապետի ահեղ դեմքը երեւաց։

Պահ մի խոր, անշշուկ լռություն տիրեց, որից հետո Բեհեղզեբուղը ցցեց հասակը եւ դառնալով սպասող ամբոխին, սկսեց խոսել այսպես.

"Beloved demons," he said, "the problem that we face today is a matter of life and death for us. Our entire kingdom's future will be decided today. Nothing short of a miracle will save us for in a few days all the golden idols above will be destroyed—and we will be no more."

—Սիրելի՛ սատանաներ,- ասաց նա,- այսօր մեզ համար կյանքի եւ մահվան խնդիր կա, այսօր վճռվում է մեր թագավորության եւ ձեր բոլորիդ վիճակը. եթե մի հնարք չգտնենք, չի՛ անցնի մի քանի օր, եւ կոչնչանան վերեւում բոլո՛ր ոսկյա կուռքերը, իսկ դա կոչնչացնի եւ մեզ։

"Up there," Beheghzeboogh pointed, "on the face of the earth, thanks to the golden calf, our kingdom was provided with abundant income. But now there is contempt and ignorance towards those calves! No one bows before them any more. No one wants to sacrifice all their feelings, thoughts, and souls to them anymore. This is disastrous for us! Now the golden calves are trampled underfoot. They are spat upon and thrown into the mud. Our throne trembles, our kingdom is undermined, and our influence is ever-weakened. My advisers and learned sages—hard as they tried—could not devise a strategy to stop the desecration of the idols and prevent our destruction."

Այնտեղ, երկրագնդի երեսին, շնորհիվ ոսկյա հորթին, մեր իշխանությունն ապահովված էր, եւ մեր եկամուտն՝ առատ։ Բայց ահա հայտնվել է այժմ արհամարհանք ու անարգանք դեպի այդ հորթերը, նրանց առաջ այլեւս չեն խոնարհվում, նրանց այլեւս չե՛ն ուզում զոհ տալ իրենց ամբողջ զգացմունքները, միտքն ու հոգին։ Դա սոսկալի է մեզ համար։ Այժմ ոտների տա՛կ են առնում ոսկյա հորթերին, թքում ու ցեխոտում են նրանց եւ դողո՛ւմ է մեր գահը, խարխլվում մեր թագավորությունը, թուլանո՛ւմ է մեր ազդեցությանը։ Իմ խորհրդականներն ու գիտունները չկարողացան հնարք գտնել այդ ավերածության դեմ։

"Now I place my hope in your hands and pray that there is a genius mind amongst you who will offer us a path to salvation."

—Այժմ հույսս այն է, որ գուցե ձեր մե՛ջ գտնվի մի հանճարեղ գլուխ եւ մեզ մի միջոց առաջարկի:

"Mark my words," he continued in an inspiring voice, "the one who finds the way to restore the honor and respect of the golden calf will not only be credited as an immortal savior of the demon world but will become my successor whose name will be etched with fiery letters in the demonic annals for time everlasting! Now, think, my clever subjects. Dig deep within your brains, and may the one who finds the solution speak up! But hurry, just a few more days, and it will be too late..."

—Լա՛վ իմացեք,— շարունակեց նա ներշնչող ձայնով,— որ ձեզնից նա, ով հնարը գտնի ոսկյա հորթի պատիվն ու հարգանքը վերականգնելու մարդկանց մեջ, ո՛չ միայն կդառնա անմահ բարերար ամբողջ սատանայության, այլեւ կլինի իմ փոխանորդն ու սիրելին, անունն էլ կրակե տառերով կգրվի սատանայական տարեգրության մեջ... Դե՛հ, մտածեցեք, իմ ճարպի՛կ հպատակներ. պեղե՛ք ձեր ուղեղը, եւ թող խոսի հնարք գտնողը: Բայց շտապեցեք. մի քանի օր եւս, եւ արդեն ուշ կլինի...

This is what Beheghzeboogh said—and with little hope in his subjects' intelligence, he promptly demanded his breakfast.

Ասաց Բեհեղզեբուղը եւ շատ քիչ հույս դրած իր հպատակների ուղեղի վրա, իր նախաճաշը պահանջեց:

Every demon—big and small, female and male—with their heads cradled in their hands started to ponder. Deep silence reigned as the demon minds strained to find the answer.

Ամեն սատանա, փոքր թե մեծ, արու թե էգ, քիթը կախած, մատը ճակատի վրա, սկսեց հնարք որոնել: Տիրել էր խորին լռություն: Սատանայական միտքը երկունքի մեջ էր:

* * *

Beheghzeboogh was hardly finished with his breakfast when the smallest of devils burst out of a dark corner, made a spirited dash overhead, and landed before the throne.

* * *

Հազի՛վ Բեհեղզեբուղը նախաճաշը վերջացրել էր, որ մութ անկյունից դուրս պրծավ ամենափոքրիկ մի սատանա, ճարպիկ ոստյունով թռավ բոլորի գլխի վրայից եւ եկավ ցցվելու գահի առաջ:

“Your Dark Highness,” said he, “I have an idea to offer you.”

—Ձերդ խավա՛ր մեծություն,— ասաց նա,— ես մի միջոց ունեմ առաջարկելու:

“You? You insignificant thing!” laughed the ruler. “Very well, let’s hear it! But beware, if you say something foolish, I will throw you away in such a fashion that you will vanish like people’s noble qualities and will remain invisible throughout all of eternity...”

—Դո՞ւ, ճղճի՛մ սատանա,— ծիծաղեց սատանայապետը,— խոսիր տեսնե՛նք: Բայց զգուշացիր. եթե հիմար բան ասես, այնպես կշպրտեմ քեզ, որ մարդկանց լավ հատկությունների պես կտափակես եւ աննշմարելի կմնաս հավիտենականության մեջ...

The little demon trembled at this threat as he prepared to speak.

Ճղճիմ սատանան դողաց այդ սպառնալիքի առաջ եւ կակազելով ասաց.

“Dark Lord,” he stammered, “I believe that the fall of the golden calf is the doing of one man who now has appeared up above and that... that...”

—Ձերդ խավա՛ր մեծություն, ես մտածեցի, որ ոսկյա հորթի անկման պատճառը մի մարդ է, որ այժմ հայտնվել է վերեւում եւ որ... որ...

"Is that so...?" scoffed the Dark Lord. "You truly believe this? Well, then, you surely are a fool since you still do not know that one single person cannot change the hearts and minds of the world with the swing of a magic wand... You do not know this and therefore must go out and learn..."

—Ահ, այդպե՞ս...—քրքջաց սատանայապետը հեգնությամբ,—դու այդպե՞ս կարծեցիր, անմիտ... Դու հիմար ես եւ չգիտես դեռ, որ մի միակ մարդը չի՛ կարող կախարդական գավազանի ազդեցության տակ փոխել մտքերը... Դու այդ չգիտես, ուրեմն գնա՛ եւ սովորիր...

Then he flicked his tail and smacked the little demon with such force, that the creature is still soaring throughout the endless universe to this day.

Հետո պոչը շարժեց եւ ճղճիմ սատանային այնպես շպրտեց, որ նա մինչեւ այսօր էլ աննշմարելի՝ սլանում է հավիտենականության մեջ։

The bitter condition of the unfortunate victim intimidated many who were gathering the courage to speak up. And so, for a long time, no one made a sound.

Նրա դառը վիճակը կասեցրեց շատերին, որոնք պատրաստվում էին խոսելու։ Եվ այդպիսով, երկա՛ր, ոչ ոք ձայն չէր հանում։

"What is this?" Beheghzeboogh savagely shouted. "Has demonic thought become rusty?"

—Այս ի՞նչ է,— գոչեց Բեհեղզեբուղը կրակ կտրած,— մի՞թե բթացել են սատանայական մտքերը…

* * *

Suddenly, from the depths of the crowds, a female demon came forth, graciously bowed her head before the king, and said,

Եվ ահա հանկարծ, որտեղից որ էր, մի էգ սատանա դուրս սպրդեց ամբոխի միջից, եկավ կանգնելու արքայի առաջ, խոր գլուխ տվավ ու ասաց.

"Your Majesty, may you prosper and live long!"

—Ողջ լինի նորին խավար մեծությունը…

"What is it woman?" yelled the king. "Do you have a solution to speak of? If so, do speak, but try not to say anything foolish."

—Ի՞նչ, ա՛յ կին,— գոչեց արքան,— հնա՞րք ունիս առաջարկելու։ Խոսիր ուրեմն. բայց աշխատիր հիմար բան չասել։

She smiled as she spoke these words...

Կին-սատանան ժպտաց եւ այսպես խոսեց.

"May I be condemned to live out my days as a human if my offer does not please you. With my proposal, mankind will not only return to the altar of the golden calf, but will also fill their hearts with more evil than ever before, and thus guarantee our darkness shall reign strong."

—Թող դատապարտվեմ ես մա՛րդ դառնալու, եթե առաջարկս անմիտ լինի։ Իմ ցույց տված միջոցի շնորհիվ մարդկությունը ոչ միայն կսկսի նորից երկրպագել ոսկյա հորթին, այլեւ կավելացնի իր մեջ չարությունը եւ որն էլ մեզ ավելի մեծ շահ կբերի։

"Is that so? Then speak! What must be done?"

—Իրա՞վ... խոսի՛ր ուրեմն։ Ի՞նչ պիտի անել։

"Two things. First, the golden calf needs to be crushed, and second, it needs to be reshaped."

—Երկու բան միայն։ Նախ՝ ոսկյա հորթը պիտի մանրացնել եւ երկրորդ՝ նրան ձեւափոխության ենթարկել։

"Speak plainly, woman," the king frowned. "Explain your thoughts."

—Պարզ խոսիր, կի՛ն դու,— դեմքը կնճռեց արքան,- բացատրիր միտքդ։

"Right away, Dark Lord! To this day, the golden calf is a big thing. No one can possess it. Now it must be crushed into smaller pieces...and be melted, and molded into small, circular gods that can fit inside people's pockets or stacked in boxes. They shall become the means by which anything and everything is valued and ultimately purchased—feelings, thoughts, even life itself..."

—Այս րոպեիս, ձերդ խավար մեծություն... մինչեւ այժմ ոսկյա հորթը խոշոր բան էր. ոչ ոք չէր կարող նրան սեփականացնել, այժմ պիտի մանրացնել նրան. հալել եւ նրանից ձուլել այնպիսի՛ կլոր, փոքրիկ աստվածներ, որ մարդիկ կարող լինեն իրենց գրպանների մեջն ունենալ, դիզել արկղերի մեջ, նրանով էլ գնահատել եւ գնել ամեն բան... զգացմունք, միտք, կյանք...

"Try, for example, putting a handful of those small, round gods in the pockets of one in ten people, and you shall see that the other nine immediately will start to worship the one who has them—licking the dust off the ground wherever that lucky soul may travel. In this fashion, the golden calf will stand again and its veneration will gain tremendous power. People will tear each other apart so savagely to possess these circular gods, that the only thing left for us to do would be to collect the victims and revel..."

—Փորձեցեք, օրինակ, այդ կլոր աստվածներից մի բուռ դնել մարդկանց տասից մեկի գրպանը, եւ պիտի տեսնեք, որ մյուս ինն իսկույն պատկառանքով եւ գետնի փոշիները լիզելով՝ կերկրպագեն ունեցողին… այդպիսով ոսկյա հորթը նորից կկանգնի, եւ նրա պաշտամունքն այնքան մեծ կլինի, մարդիկ այնպե՛ս գազանաբար կպատառոտեն իրար՝ այդ կլոր աստվածներն ունենալու համար, որ մեզ կմնա միմիայն զոհե՛րը հավաքել եւ հրճվել…

"Brava!" shouted Beheghzeboogh. "Do come close to me, woman. You shall be my queen and worthy successor..."

Կեցցե՛ն սանդարամետք,— որոտաց Բեհեղզեբուղն ուրախությամբ,— կեցցես եւ դու, կի՛ն: Ե՛կ մոտս․ դու իմ թագուհին կլինես եւ արժանավոր փոխանորդս…

And immediately the fiery pits began to make round gods with great diligence—and abundant quantity. Without wasting any time, the demons rushed out to the world up above, filling the pockets of every tenth man they met with these circular gods.

Եվ անմիջապես փուռերը սկսեցին մեծ ջանասիրությամբ ու անհագին քանակությամբ կլոր աստվածներ պատրաստել: Հետո սատանաները դուրս խուժեցին մարդկանց մեջ եւ տասից մեկի գրպանը լցրին կլոր աստվածներով:

The great impact of the round, golden gods was not long in coming.

Կլոր, դեղին աստվածների ազդեցությունը չուշացավ հայտնվելով։

Those without them—with a motive that even they could not quite grasp—would freeze in place whenever lucky holders of the circular gods would pass them by. They worshipped the possessors humbly and licked the ground clean upon their path.

Չունեցողները, մի խորհրդավոր մղումով, կանգ էին առնում, երբ անցնում էր ունեցողը, եւ գետնի փոշին ու կեղտը լիզելով, երկրպագում էին խոնարհությամբ։

All the spirits in Hell rejoiced because soon people up above began to destroy one another like beasts. Evil found itself a home in the hearts of all men and spread across the land like wildfire—making innumerable sacrifices for the underworld.

Իսկ դժոխքն ու նրա ոգիները ցնծում էին, որովհետեւ շուտով վերեւում մարդիկ սկսեցին գազանների պես իրար պատառոտել, չարությունն ավելի մեծացավ ու տարածվեց եւ ստորերկրյա աշխարհի համար անհամար զոհեր պատրաստեց…

From that day on, the golden calf—now transformed into countless little, round, circular gods—has forged itself ever deeper into the heart of mankind. And so, the spirit of wickedness has been given the edge of omnipresence and shall corrupt all that is good and all that is pure...

Այդ օրվանի՛ց ահա, ոսկյա հորթը կլոր փոքրիկ աստվածների փոխված, շա՛տ ավելի պատկառանքով է խնկվում մարդկության կողմից․ իսկ չարության ոգին, շնորհիվ դրան ավելի ուժ ստացած՝ ապականում է ինչ որ լա՛վ է, ինչ որ բարի՛ է…

Cascade Press

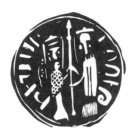